初階・上

小學生古詩遊

聽讀學

● 葉德平 著 ●

中華教育

序

一年前的一個下午，一個偶然的文人茶聚，
我們跟一些朋友聊到孩子「閱讀經典」的重要。

同是學習語文，我們都深刻體會到詩歌對想
像力、創作力、鑒賞力、理解力，甚至對個人修
養「詩教」的莫大益處。

在詩歌的世界裏，我們欣賞了「白毛浮綠
水，紅掌撥清波」的童趣，看到「孤帆遠影碧空
盡」的意境，領略「秦時明月漢時關」的厚重，
體會「此物最相思」的情懷，感覺「卻教明月送
將來」的趣味。當然，還學習了「力拔山兮氣蓋
世」的史事和「勸君惜取少年時」的教誨。

二千五百多年前，孔子告訴我們，學習詩
歌，可以讓一個人變得「溫柔敦厚」。自此以後，
詩歌就成為了孩子們的啟蒙讀物，也成為了烙印

在中國人內心世界的優良文化。上至王侯將相，下至販夫走卒，總會背誦兩三句——「牀前明月光，疑是地上霜」、「誰憐寸草心，報得三春暉」。

然而，隨着科技的進步，生活節奏的加速，詩歌好像成了夏日的舊棉襖，被擱在一旁。或因為它過於艱深；或因為它不合時宜；總之，有千百種原因不再讀詩。

詩歌是中華文化千錘百鍊的寶藏，是訓練孩子想像和視角的關鍵，是文字的樂高遊戲；因此，我們決定讓詩詞變得有趣，變得可親，變得平易近人。首先，在選材方面，我們以香港教育局課程發展處（中國語文教育組）選定的一百首詩歌為基礎，重新編目，這些詩歌經過諸位專家、學

者的考訂，程度切合香港小學生，也能配合他們日常學習需要。我們從孩子的感知和生活情境入手，孩子對甚麼先感興趣，我們就先選該詩解讀，篇幅適中，意象單一，比喻生動，由淺入深。

其次，在譯註方面，我們放棄了傳統的逐字解釋，也不追求字句的對譯；反之，我們選用了「意譯」的方法，務求把詩句的意境描繪出來。畢竟，古人觸手可及的事物，今日已成了紙上陳跡，孩子們不易掌握。故此，我們儘量用今日的語言，把舊時的意象表述出來，帶領孩子們慢慢走進詩人的情感世界。

再次，在品德教育方面，我們希望能做到「古為今用」。古人的情懷，孩子或許難以感受；可是，昔日的美好價值觀卻能通過詩歌來繼承。王之渙的遠大志向、虞世南的莊敬自強、王安石的高潔傲骨，都是我們想帶給孩子們的美好品德。

最後，在表述手法方面，除了文字，我們還邀請了葉愷璇、楊樸摯兩位小朋友參與，替這

一百首詩歌錄製粵、普音頻。孩子只要用手機掃一掃頁面上的二維碼，就能直接連結到音頻，一邊聽着兩位雖不甚標準卻天真爛漫的朗讀，一邊感受詩歌的優雅。

《論語·陽貨》說：「詩可以興，可以觀，可以群，可以怨。邇之事父，遠之事君。多識於鳥獸草木之名」。這正好替我們總結詩歌的三大功用：（1）訓練孩子的聯想力、觀察力、團隊精神與批判思辨能力。（2）教導孩子孝敬父母與處世之道。（3）教授孩子大自然常識。簡而言之，我們期望本書能陪伴着孩子成長，讓他們用最有趣的方法、在最輕鬆的環境下學習悠久的中國文化。

葉德平、邱逸
丁酉年正月初三

目錄

狀物

繪景

抒情

曹植

動態時報　　　　關於

基本資料

🐾 生卒
公元192—232

🐾 身份
**魏武帝曹操正室卞氏
所生第三子，
魏文帝曹丕之弟**

🐾 才能
能詩能文,「才高八斗」

🐾 字 / 號
字子建

👥 朋友 • 3,564

楊修

丁儀

邯鄲淳

曹彰

曹操

更多……

朋友　　　　　相片　　　　　更多▼

 曹植——覺得高興 😊
今天遇見一個名叫甄宓的女孩子，她好漂亮好漂亮好漂亮好漂亮……

👍😄 678　　　　　　　　　　502留言

 曹操 臭小子！快去讀書做文章！別成天四處盯着人家姑娘看！

 曹彰 有圖有真相。照片呢？

 楊修 沒有照片，差評。

煮豆持作羹，

漉豉以為汁。

萁在釜下燃，

豆在釜中泣。

本是同根生，

相煎何太急。

曹植‧五言古詩

七步詩

鍋裏烹煮着用來做湯羹的豆子，
把豆渣過濾了後，留下豆汁來做湯羹。
曬乾的豆梗放在鍋下面作燃料，
豆子在鍋裏哭泣着。
豆子與豆梗本來在同一條根上生長出來，
豆梗怎能如此急逼地煎熬着豆子呢？

掃一掃

聽錄音！

詩歌帶我遊：豆與豆萁

大豆是中國最重要的一種豆類，是古代**重要的農作物**，地位不會比麥、稻和粟米等低。大豆被豆莢包裹着，並連在枝莖上。這個枝莖，也就是詩歌中的「豆萁」。

豆與豆萁**緊緊連在一起**，就像我們與兄弟姐妹的親密關係。

他寫這首詩：兄弟情

根據魏晉時期的小說《世說新語》所說，**曹操**一直都偏愛曹丕的弟弟──富有才華的**曹植**。後來，曹丕做了皇帝，就想盡方法為難弟弟曹植。

有一次，他要弟弟在**七步之內**寫好一首詩歌，否則就要殺死他。結果才華橫溢的曹植還未走完七步，就唸出這首〈七步詩〉來。曹丕明白詩中含意，十分慚愧，最後打消了加害弟弟的想法。

一　煮豆持作羹**❶**，
zhǔ dòu chí zuò gēng

　滷豉以為汁。
lù chǐ yǐ wéi zhī
❷❸

二　其在釜下燃，
qí zài fǔ xià rán
❹❺

　豆在釜中泣。
dòu zài fǔ zhōng qì

三　本是同根生，
běn shì tóng gēn shēng

　相煎何太急。
xiāng jiān hé tài jí

1. 羹：在香港，一般是指糊狀的湯。但是，在這首詩裏
   指的是湯水。

2. 滷：過濾的動作。粵 luk6（鹿） 普 lù 。

3. 豉：豆類的總稱。

4. 其：連着豆子的枝條。粵 kei4（其） 普 qí 。

5. 釜：煮食器具。粵 fu2（虎） 普 fǔ 。

一　你有沒有喝過豆漿？知道它的原材料是甚麼嗎？

　沒錯！是黃豆。黃豆是古人的主要食糧，而豆羹也是古代的重要菜肴。這首詩的第一、二句是寫**製作豆羹的過程**：用鍋把豆子煮爛，然後把裏面的渣滓過濾，剩下的湯汁就是古人所說的豆羹。

二　看着美味的豆羹，我們很難想像背後有個**悲慘**的故事——本來生活在一起的豆萁哥哥與豆子弟弟分開了。豆萁哥哥在鍋底不斷地燃燒着，把鍋裏的豆子弟弟煎熬到哭個不停。

三　可憐的黃豆兄弟，本來生活在一起，現在各走各路。哥哥不斷煎熬弟弟，弟弟除了哭泣，還可以做甚麼呢？詩人利用這件日常小事委婉地告訴他的哥哥，**請求他不要再迫害自己**。幸好，故事的結局是哥哥明白弟弟的心情，最後放過他了。

親親這首詩

這首詩表面上是寫豆與豆萁，實際是以它們比喻**兄弟情**。曹植與曹丕是同一個母親所生的，但因為爭奪權力，最後兄弟間感情失和。

曹植借用豆萁煎熬豆子的故事，間接請求兄長停止迫害自己。

我和詩歌手牽手

你有兄弟姐妹嗎？有沒有跟他爭吵過？兄弟姐妹吵架是常有的事情，只要爭吵過後能心平氣和地談一談，很快就可以和好如初。

讀完這首詩，你應該明白兄弟姐妹吵架是令人傷心的事，以後記得要做到「**兄友弟恭**」啊！

虞世南

動態時報　　　關於

基本資料

🐾 生卒
公元558—638

🐾 鄉下
越州

🐾 身份
當時宮廷文學的領袖

🐾 才能
精通書法

👥 朋友・649

顧野王

智永和尚

李世民

更多……

朋友　　　　　相片　　　　　更多▼

 虞世南──覺得奇妙 🐦
螢火蟲微弱的亮光對抗着廣闊深沉的黑暗,在其短暫一生,都用最炫目的姿態出現。

 👍❤ 721　　　　　　　　　　　58留言

 李世民 快提筆寫詩!

 智永和尚 虞兄,年紀不小了,不要再偽裝成文藝青年。

詠螢

虞世南‧五言絕句

小光流歷的，
輕翅弱颻飄。
恐畏無人識，
獨自暗中明。

掃一掃

聽錄音！

牠閃爍着星星般的小光芒，
隨風搖動着無力的小翅膀。
因怕不被人們認識，
便獨自在黑暗中閃閃發亮。

詩歌帶我遊：螢火蟲

螢火蟲，別名夜光、景天、夜照、流螢、宵燭、耀夜等，是一種小甲蟲。因為牠的尾巴能發出螢光，所以名叫螢火蟲。螢火蟲在晚上活動，黑暗之中，牠的光芒分外耀目。

他寫這首詩：發光發亮

這是一首詠物詩歌。螢火蟲雖然幼小微弱，但依然堅持在黑夜中閃動着，發出耀眼的光芒。詩人借螢火蟲比喻自己、肯定自己——也許我們在天地間都顯得渺小，但仍要堅持展露自身的光芒。

一　的歷❶流光❷小，
　　dì lì liú guāng xiǎo

　　飄飖❸弱翅❹輕。
　　piāo yáo ruò chì qīng

二　恐畏無人識，
　　kǒng wèi wú rén shí

　　獨自暗中明。
　　dú zì àn zhōng míng

1. 的歷：光亮的樣子。
2. 流光：閃爍的光芒。
3. 飄飖：隨風搖動的樣子。
4. 弱翅：柔弱的翅膀。

螢火蟲

來看看真實的螢火蟲！

在漆黑的夜空裏，有一點一點的微光在**閃爍着**。

那是甚麼來着？不是星星，牠沒有星星的明亮；不是月亮，牠也沒有月兒的皎潔。那是一隻隻小小的**螢火蟲**。牠們在晚風的吹拂下，努力地拍動着柔弱的翅膀。

 如果你是螢火蟲，在這樣黑暗困難的環境裏，會不會選擇躲起來睡一覺算了？那可不行！詩人叫我們要像螢火蟲一樣，不要擔心自己**微不足道**，反而要努力把自己的**長處**展示出來，讓我們的光芒照耀他人。

親親這首詩

這首詩雖然只有短短二十字，但極具感染力。詩人用「小」、「弱」、「輕」三字形容螢火蟲，然而，他沒有輕視牠的微弱；相反，他十分欣賞螢火蟲的堅持，並認為這正是自己的寫照——**在短暫的生命裏，用最炫目的姿態出現。**

我和詩歌手牽手

你在過生日、中秋節等日子，有沒有接觸過火柴？只要我們用力劃一下，火柴就會點燃起來。雖然不消幾秒，短短的火柴就會燒光，但在那一瞬間，它的亮光能充滿房子，也能為別人的生命帶來光明。

駱賓王

動態時報　　　關於

基本資料

🐾 生卒
公元640？—684？

🐾 身份
**與王勃、楊炯、盧照鄰
並稱「初唐四傑」，
是文壇之星。**

🐾 名作
**因不滿當時女帝武則天
而寫成《討武氏檄》。**

👤 朋友·205

盧照鄰　　　李元慶

更多……

朋友　　　　　　　相片　　　　　　　更多▼

 駱賓王分享了一則動態回顧
原來我小時候已能作得一手好詩！

27年前
查看動態回顧 ›

 駱賓王 更新了他的動態
27年前 丑時

鵝鵝鵝，曲項向天歌。
白毛浮綠水，紅掌撥清波。

👍 讚好　　💬 回應　　➤ 分享

 844　　　　　　　　　　　　　　　169留言

 盧照鄰 真不愧為作詩小神童！

鵝鵝鵝，
曲項向天歌。
白毛浮綠水，
紅掌撥清波。

駱賓王・五言古詩

詠鵝

掃一掃

聽錄音！

眼前一羣鵝在水裏浮游，
彎曲脖子向着天空歌唱。
這時候，只見雪白的羽毛漂浮在
碧綠澄清的水面上，
紅彤彤的腳掌翻出一池漣漪。

詩歌帶我遊：鵝

鵝的外型跟鴨子很相似，但鵝的體型比較大。牠有長長的脖子、扁闊的嘴、額部有一塊小小的肉。鵝的腳掌長有蹼，能在水上游泳，就像詩人所說：牠的紅掌可以「撥清波」。

他寫這首詩：童心

這是一首詠物詩歌，是初唐時期四大傑出詩人之一——駱賓王在七歲的時候寫成的。有別於成人手筆，這首詩充滿了童心童趣。七歲的詩人天真活潑，用小孩子的眼睛看事物，描繪出一羣鵝在湖上嬉水的情況。全詩色彩鮮豔，率真可愛。

一　鵝　鵝　鵝　，
　　é　é　é

　　曲　項　向　天　歌　。
　　qū　xiàng　xiàng　tiān　gē

二　白　毛　浮　綠　水　，
　　bái　máo　fú　lù　shuǐ

　　紅　掌　撥　清　波　。
　　hóng　zhǎng　bō　qīng　bō

1. 曲項：項是脖子的意思。曲是動詞，意思是彎曲了脖子。
2. 清波：清澈的水波。

一 看！遠處不正是一羣鵝嗎？一個小孩子看見遠處的鵝，不禁歡呼起來，大叫着：「鵝！鵝！鵝！」周圍的小孩子聽到呼喊，一起看了過去。原來，鵝彎曲了脖子，向着天空歌唱，似乎在歡迎着大家的到來。

二 鵝彷彿因小客人的光臨而心情愉快，竟然跳起舞來。牠們擺動着一雙雪白的翅膀，在碧綠澄清的湖上舞動。隨着大自然的節奏，鵝輕快地用紅彤彤的腳掌撥出一圈又一圈的漣漪。

咦！這不是聞名的芭蕾舞蹈——天鵝湖嗎？

親親這首詩

　　這首詩跟我們常見的五言唐詩不一樣，它的第一句是三個字，之後三句都是每句五字，句式**長短不一**。本來，這是違背了詩歌的格律要求，但由一個七歲小童寫出來，卻別有一份兒童的**率性與隨意**。而且，全詩色彩斑斕，有「白毛」、「綠水」、「紅掌」與「清波」，各種顏色配搭起來，成為了一幅美麗的圖畫。

我和詩歌手牽手

　　小朋友，你家裏有沒有養小動物？可不可以試試為牠寫一首詩歌？

注：現實中小貓不會游泳，切
勿把小貓扔到水裏喔！

賀知章

動態時報   關於

基本資料

🐾 生卒
公元659—744？

🐾 鄉下
越州永興

🐾 才能
寫詩和書法

🐾 字 / 號
**字季真，
自號四明狂客**

👥 朋友・102

李白

張若虛

張旭

更多……

朋友　　　　相片　　　　更多▼

 賀知章——覺得高興 😊

識詠柳，一定是這樣詠：
不知細葉誰裁出，二月春風似剪刀。

👍😄 68　　　　　　　　　　　　　　　19留言

 張旭 又在自吹自擂，肯定喝醉了……

 李白 好詩！快找個時間我們一起飲酒作詩！

碧玉妝成一樹高，

萬條垂下綠絲縧。

不知細葉誰裁出，

二月春風似剪刀。

詠柳

賀知章・七言絕句

掃一掃

聽錄音！

高大的柳樹枝葉翠綠，像由碧玉妝扮一樣。

它垂下萬千條柳葉，好比綠絲帶，輕柔地擺動。

到底是誰剪裁出這些嫩葉呢？

噢！原來是二月的春風，

正巧妙地揮動着她的剪刀。

詩歌帶我遊：柳樹

柳樹樹形**優美**，早春時分已經滿樹嫩綠。它極具觀賞價值，常常被用在園林設計上，建構美麗的江南風貌。在我國詩人眼中，「柳」常常用來表達**送別**的意思。

他寫這首詩：春天的魔法

這是一首**詠物詩歌**，描寫井然有條。詩人先描寫整棵柳樹，再由大至小，寫局部的枝葉，而且巧妙地運用了**絲帶**、**剪刀**作比喻，想像春天的魔法。

一　碧玉^❶妝^❷成一樹高，
　　萬條垂下綠絲縧^❸。
二　不知細葉誰裁出，
　　二月春風似剪刀。

碧玉（bì yù）妝（zhuāng）成（chéng）一（yí）樹（shù）高（gāo）
萬（wàn）條（tiáo）垂（chuí）下（xià）綠（lǜ）絲（sī）縧（tāo）
不（bù）知（zhī）細（xì）葉（yè）誰（shuí）裁（cái）出（chū）
二（èr）月（yuè）春（chūn）風（fēng）似（sì）剪（jiǎn）刀（dāo）

1.　碧玉：形容柳樹碧綠鮮嫩。
2.　妝：動詞，意思是打扮。
3.　絲縧：絲帶。縧粵tou1（滔）普tāo。

你看到前面那株柳樹了嗎？它本來枝葉稀疏，為甚麼今天卻這麼翠綠茂盛、婀娜多姿？噢！原來**春天小姐**已偷偷地回來了。她把柳樹妝扮得碧綠晶瑩，好像披上了無數的碧玉，多美麗啊！

走近點看，那一縷縷在微風中輕柔地搖晃的絲帶，原來是柳樹初發的枝條。

柳葉的嫩枝，恰到好處地掛在柳樹的身軀上。這可不是因為園丁細心修剪的緣故，而是二月的春風，運用手裏的剪刀，靈巧地修理出來。

大自然的造化，比起人類的心思，往往**奧妙**得多了。

親親這首詩

詩人看到柳葉**初發嫩芽**，預感和暖的春天即將降臨。早春時分，萬物生長，柳樹吐出碧綠的枝條，一縷縷地垂下。詩人以絲帶比喻柳枝，以剪刀比喻春天的鬼斧神工，訴說柳樹明淨純潔的美麗。

春意給詩歌賦予強大的生命力，靈性十足。全詩語言簡潔、明快，春意盎然。

我和詩歌手牽手

你家裏栽種植物了嗎？它們甚麼時候才會變得翠綠？看到它們的葉子由黃轉綠，你有甚麼感覺？

柳

柳樹的姿態跟其他樹木相比，有何不同呢？

動態時報　　　關於

基本資料

🐾 生卒
公元689?—740

🐾 鄉下
襄州襄陽

🐾 身份
**唐代山水田園詩派
代表作家之一**

🐱 詩友 • 434

王維

李白

王昌齡

更多……

朋友　　　　　相片　　　　　更多 ▼

 孟浩然
昨晚睡個好覺，精神飽滿，忍不住作詩一首自娛。

春眠不覺曉，處處聞啼鳥。
夜來風雨聲，花落知多少。

 273　　　　　　　　　　　　　119留言

 王維 好有畫面感呀。

 王昌齡 等我開心share先！

 李白 大好時節睡甚麼睡！等老夫今晚來陪孟兄痛飲一場！

春眠不覺曉，

處處聞啼鳥。

夜來風雨聲，

花落知多少？

春曉

孟浩然・五言絕句

春天夜裏我睡了個飽，

不知不覺便到天明。

剛睜開眼，耳邊響起鳥兒的歌聲，

彷彿漫山遍野。

我忽然想起，昨夜迷迷糊糊，

似乎聽見沙沙風雨聲，

不知道有多少花兒被吹落了？

掃一掃

聽錄音！

詩歌帶我遊：春天

春天是一年四季中的第一季。這時候萬物復蘇，蟲兒從冬眠中醒來，小草從泥土中長出，一切都是**充滿生機**的。為了感受春天的美麗，古人喜歡在春天「踏青」——春日時分，結伴到郊外遊玩，看風景。

他寫這首詩：好夢

春日和煦温暖，詩人不自覺地酣睡了一夜。醒來以後，就寫成這首詩歌。

詩歌第一、二句是眼前所見的景物；到了第三、四句，詩人運用了**「倒敘」**手法，回想昨夜的情況。全詩情感變化自然，平易而富有趣味。

一　<ruby>春<rt>chūn</rt></ruby> <ruby>眠<rt>mián</rt></ruby> <ruby>不<rt>bù</rt></ruby> <ruby>覺<rt>jué</rt></ruby> <ruby>曉<rt>xiǎo</rt></ruby>❶，
　　<ruby>處<rt>chù</rt></ruby> <ruby>處<rt>chù</rt></ruby> <ruby>聞<rt>wén</rt></ruby> <ruby>啼<rt>tí</rt></ruby> <ruby>鳥<rt>niǎo</rt></ruby>❷。

二　<ruby>夜<rt>yè</rt></ruby> <ruby>來<rt>lái</rt></ruby> <ruby>風<rt>fēng</rt></ruby> <ruby>雨<rt>yǔ</rt></ruby> <ruby>聲<rt>shēng</rt></ruby>，
　　<ruby>花<rt>huā</rt></ruby> <ruby>落<rt>luò</rt></ruby> <ruby>知<rt>zhī</rt></ruby> <ruby>多<rt>duō</rt></ruby> <ruby>少<rt>shǎo</rt></ruby>。

1. 曉：天亮。不覺曉，天亮了都不知道。
2. 啼鳥：正在啼叫的鳥兒。

流水鳥鳴

大清早起牀，聽見這樣的天籟之音，心情是否馬上愉快起來呢？

一　你昨夜睡得好不好？詩人這一天睡得特別好！睡飽了，早上自然地醒來，看見甚麼東西都覺得是美好的。聽鳥兒哼着歡快的曲調，心情也特別**愉快**。

二　詩人聽着鳥兒的歌聲，忽然醒起——昨夜不是一直下着雨嗎？那麼園子裏的**花朵**到底會怎樣？掉落了多少呢？

親親這首詩

這首詩歌語言簡單自然，短短二十個字，點明春天清晨的氣息，也帶出了田園閑適的風光。詩人沉醉在春天之中，一夜好夢；天明了，他悠然地醒來，欣賞鳥兒的歌聲。

然而，快樂總是容易過去。在樂極之時，他也不禁替昨夜風雨中的落花惋惜起來。

我和詩歌手牽手

有沒有覺得，星期日的早上特別美好？是的，因為不用上學，可以無牽無掛地一覺睡到天明！雖然這個早上好像特別短，但只要我們能夠好好欣賞，也可以像詩人一樣，把握住這一刻的快樂。

動態時報　　　關於

基本資料

🐾 生卒
公元767—830

🐾 任職
**官位不高，
曾從軍邊塞**

🐾 身份
**是元稹、白居易寫作
「新樂府」的先導**

🐾 字 / 號
字仲初

👥 朋友·193

張籍

韓愈

白居易

劉禹錫

楊巨源

賈島

朋友　　　　　相片　　　　　更多▼

 王建──新增了一件人生大事

嗚嗚嗚嗚嗚嗚嗚嗚～～～老夫從軍多年，想不到
年過四十終於能當上官！
真是「白髮初為吏」呢！

286　　　　　　　　　　　　　　　　63留言

 張籍 恭喜仲初弟！找天約出來讓老哥請你吃頓飯！

 韓愈 我早就說你是個人材！和我一起為百姓謀福祉吧！

小松初數尺，
未有直生枝。
閒即傍邊立，
看多長卻遲。

小松

王建·五言絕句

掃一掃

聽錄音！

剛栽植小松樹時，它只有數尺高，

枝幹柔柔嫩嫩的，好像挺不直。

空閒時，我總愛站在它旁邊觀察，

但看來看去總覺得它好像長得好慢。

詩歌帶我遊：松樹

松樹是常綠科喬木，葉兒是針狀的，一般可以長成四五十米高。松樹在寒冬時節都能頑強地生長着，保持常綠姿態，所以它與竹、梅並稱「歲寒三友」，成為高尚人格的象徵。

他寫這首詩：做事要一步一步來

這是一首詠物詩，主要描寫小松的生長狀況。詩人不寫松樹代表的文化內涵，反之，別出心裁地描寫小松初發枝葉的生長情況。

詩歌的語言平淡簡潔，富有真實感。

一　小松初數尺，
　　xiǎo sōng chū shù chǐ
　　未有直生枝。
　　wèi yǒu zhí shēng zhī
二　閑①即傍②邊立，
　　xián jí bàng biān lì
　　看多長卻遲。
　　kàn duō zhǎng què chí

1. 閑：通「閒」。表示有空。
2. 傍：依傍，即站立一旁。

一 你有沒有種過花草？詩人剛在花園裏栽種了一株松樹。最初，小松生長得很**緩慢**，只有幾尺高，而且只長出柔柔嫩嫩的枝條。

二 他閑來無事就喜歡站在旁邊觀察。可能因為**期待過於急切**，詩人心裏總覺得小松長得十分緩慢。你認為是不是小松長得慢了呢？當然不是，那只是因為詩人**過於着急**，所以產生了錯覺。

親親這首詩

日常生活中很多事物的道理都和這首詩一樣——開始時，我們總是十分着急，覺得事情進展緩慢，就失去耐性，乾脆放棄。其實，事情正在一步步地發展，只要我們能**按部就班**，一步一步踏實地走下去，等到事情完成了，你自然就會有一份**滿足**的感覺。

詩人筆下的小松生長緩慢，不正是因為要慢慢扎根，不能急躁嗎？

我和詩歌手牽手

有沒有試過種綠豆？材料工具都很簡單：一個小盆子、十粒綠豆、一小塊棉花。

首先，用水把綠豆泡上一天，然後移放到放了濕棉花的小盆裏。然後……我不說了，就一起試試，共同欣賞大自然的奇妙吧！

李紳

動態時報　　　關於

基本資料

🐾 生卒
公元772—846

🐾 任職
唐武宗時官至宰相

🐾 身份
**「新樂府運動」的
重要人物**

🐾 字 / 號
字公垂

👥 朋友・542

元稹　　白居易

李逢吉　李德裕

更多……

朋友　　　　　相片　　　　　更多 ▼

 李紳和@李逢吉在@亳州城東觀稼台

今天天氣很好，和李兄同登觀稼台飲酒作詩，望見遠方的農夫正辛勞耕種，我這一介文人卻只可為他們寫一首詩：

鋤禾日當午，汗滴禾下土。
誰知盤中飧，粒粒皆辛苦！

大家都要珍惜食物呢～

👍❤ 749　　　　　　　　　　　　　　63留言

 李逢吉 公垂兄果然關心百姓，真是個好官！

 白居易 你們二人又「自私約」，下次記得要約我和元兄一起去啊！

鋤禾日當午，
汗滴禾下土。
誰知盤中飧，
粒粒皆辛苦？

憫農（其二）

李紳・五言絕句

掃一掃

聽錄音！

中午烈日當空，農夫拿着鋤頭，

使勁地鋤草翻土，

額上的汗珠，一滴一滴落在土地上。

可又有誰知道，手上這碗白米飯，

每一顆都是農夫辛苦耕種得來的？

詩歌帶我遊：農夫

中國以農立國，農夫是社會中重要的角色。他們每天辛勤地工作，為我們提供足夠糧食。因此，中國自古已十分**尊敬農夫**，把他們放在「士農工商」之中的第二位。

他寫這首詩：糧食不白得

這是一首勸誡人們**珍惜糧食**的詩歌。詩人用了人們所熟知的耕作情景，訴說深刻的道理：食物來之不易，我們應當珍惜糧食，尊重耕種的人。

一　鋤禾^❶日當午，
chú hé rì dāng wǔ

汗滴禾下土。
hàn dī hé xià tǔ

二　誰知盤中飧^❷，
shuí zhī pán zhōng sūn

粒粒皆辛苦？
lì lì jiē xīn kǔ

1. 鋤禾：用鋤頭為禾苗翻動泥土。
2. 飧：本來是熟食的意思，這裏指米飯。粵 syun1(孫)　普 sūn。

一　　　生活在富足的香港，相信每天吃上一碗白米飯並非難事。但你有沒有想過，手中這一碗白飯是如何得來呢？這是**農夫叔叔辛勤工作**得來的！烈日高掛的正午，太陽正猛，農夫在田裏工作，一下一下揮動鋤頭，額上和身上的汗水便一滴一滴地掉落在泥土之上。

　　　多艱苦啊！

二　　　我們每天都吃着白飯，卻沒有想過碗裏每一粒飽滿的米粒，原來都是農夫辛苦得來的。為了不讓農夫的心意白費，我們以後都要**珍惜糧食**啊！

親親這首詩

詩人首兩句先描寫農夫艱辛耕作，說明糧食**來之不易**；接着兩句提出問題，帶出今日的「盤中飧」都是農夫用汗水換來的道理。

這道理看似簡單，但作者寫來相當親切又感人，所以詩歌千百年來被廣為傳誦。

我和詩歌手牽手

你有沒有吃剩食物？根據特區政府的數字，每天有 3,337 公噸的「剩食」棄置於堆填區。這是一個驚人的數字！為了不浪費農夫的心意，我們是否要珍惜食物，減少廚餘？

鋤地

鋤地好處有三：一能除草；二是雨後能使土地乾鬆；三是旱時使土地保持水分。人勤地不懶，多鋤地才能有好收成。

曹鄴

動態時報　　關於

基本資料

🐾 生卒
公元816？—875？

🐾 個性
正直耿介

🐾 創作風格
語言通俗，
近於民謠

🐾 字 / 號
字業之，一作鄴之

朋友・438

劉駕

聶夷中

于濆

邵謁

蘇拯

更多……

朋友　　　　　　　相片　　　　　　　更多▼

 曹鄴──正在沉思 😶

上次將一眾剝削百姓的貪官污吏比喻作大老鼠，
下一首詩借用甚麼動物好呢？

👍😆 914　　　　　　　　　　　　536留言

 劉駕 曹先生一句「官倉老鼠大如斗」可說是大快人心！下
次不如用甲由？

 蘇拯 其實我覺得以老鼠比喻這班貪官，簡直是醜化了牠
們！對不起啊老鼠們，RIP！

官倉老鼠大如斗，

見人開倉亦不走。

健兒無糧百姓饑，

誰遣朝朝入君口？

官倉鼠

曹鄴·七言絕句

掃一掃

聽錄音！

官倉中偷吃大米的老鼠像斗一樣大，

見有人打開倉門，牠也不會害怕逃走。

兵士們沒有充足的糧餉，

百姓也在捱餓，老鼠先生，

到底是誰天天送糧到您口中？

詩歌帶我遊：官倉

官倉是古代官府用來**儲存糧食**的倉庫。為了方便運輸，官倉一般會在河邊搭建。在唐代，官倉的主要功能是支付官員的薪水。

他寫這首詩：貪官與老鼠

這是一首**諷喻貪官污吏**的詩歌。詩人身處晚唐，當時社會動盪，奸狡的官吏橫行，百姓的生活過得不好。詩人憤然寫詩，用官倉鼠比喻官員：牠身大如斗，而且貪得無厭。第三句寫健兒缺糧、百姓捱餓，凸顯社會的不公。最後，詩人忍不住問：是誰在背後縱容貪心的官倉鼠？

一　官倉①老鼠大如斗②，
　　見人開倉亦不走。
二　健兒③無糧百姓饑，
　　誰遣朝朝④入君⑤口？

1. 官倉：官府存放糧食的倉庫。
2. 斗：指古代量度稻米的容量。
3. 健兒：這裏指保家衞國的將士。
4. 朝朝：每天早晨。
5. 君：對對方的尊稱，即是今日的「您」。這裏指官倉鼠。

一

逛街市、食肆、垃圾站旁等地方時，你有沒有見過像西柚般大的老鼠？這一隻生活在官倉的老鼠體型很大，而且**貪得無厭**。牠對旁人視如不見，肆無忌憚地榨取人們的糧食。

二

兵士們為國作戰卻**缺乏糧餉**，餓着肚子，又何來力氣打仗？老百姓辛勤工作還要**捱餓**，實在太不公平了！這隻可惡的官倉鼠，到底是誰在背後給牠撐腰？又是誰一天天把糧食送到官倉鼠口中？

🐾 親親這首詩

官倉環境優裕，把無所事事的老鼠養得又肥又大。詩人以官倉鼠比喻貪官，直斥他們不但對國家毫無貢獻，還貪得無厭，為了一己私利，罔顧百姓利益。

從詩中字句，足以感受到詩人的憤慨。

🐾 我和詩歌手牽手

小朋友，你家裏有沒有飼養小動物？你能用文字描繪牠們嗎？提提你：你可以寫寫牠們的外觀特徵、生活習慣等。

王安石

動態時報　　　關於

基本資料

🐾 生卒
公元1021－1086

🐾 任職
宰相

🐾 身份
中國史上著名政治家、改革家；文學上是唐宋古文八大家之一。

🐾 字 / 號
字介甫

👥 朋友・10,985

曾鞏　　　歐陽修

周敦頤　　　文彥博

更多……

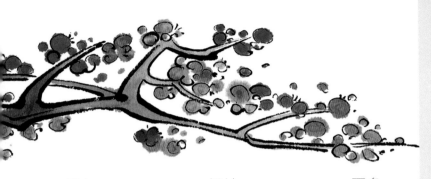

朋友　　　　　相片　　　　　更多▼

 王安石——覺得苦惱 😟

昨天妻子問我，她天天煮麻婆豆腐我都吃不膩嗎？其實我根本沒注意她煮甚麼菜^^|||||。國家大事一堆一堆，我只想趕快吃完飯去辦正事，從沒注意吃了甚麼下肚。

👍😄 23,488　　　　　　　　　　　5,467留言

 曾鞏 丞相為國家勞心勞力，子固佩服！

 歐陽修 介甫，公事忙不完的，作息要有時，也要注意均衡飲食，不能老吃一味菜啊。

牆角數枝梅，

凌寒獨自開。

遙知不是雪，

為有暗香來。

梅花

王安石・五言絕句

掃一掃

聽錄音！

牆角處，幾枝梅花悄然生長，

風雪交加，它冒着嚴寒，孤高地綻放着。

雖是遠遠看去，

也知道那一簇簇的雪白不是雪花，

因為枝頭傳來了淡淡的幽香。

詩歌帶我遊：梅花

梅花是中國十大名花之首，與蘭花、竹子、菊花並稱「四君子」；另外，又與松樹、竹子合稱「歲寒三友」。傳統認為梅花不懼寒冷，於寒冬仍能開出美麗的花，具有不屈不撓的文化特性。

他寫這首詩：我也像梅花

短短的小詩，寫盡了梅花的神韻。詩人用「凌寒獨自開」表現了梅花的高傲脫俗，用「雪」襯托梅花的清雅高潔。古人常以梅花比喻孤芳自賞（自認為不隨俗、不平凡）的人，看來詩人也有意用梅花來形容自己。

牆角數枝梅，
凌寒❶獨自開。
遙知❷不是雪，
為有暗香❸來。

1. 凌寒：冒着嚴寒。
2. 遙知：遠遠便知道。
3. 暗香：若有若無、淡淡的幽香。

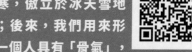

寒梅傲雪

這個成語意指梅花不畏嚴寒，傲立於冰天雪地中；後來，我們用來形容一個人具有「骨氣」，不怕挫折。

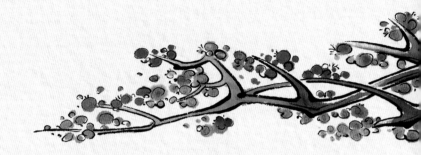

一 看！在遠處不起眼的牆角，好像有幾株花朵在生長。噢，原來是梅花！正是深冬時節，梅花靜悄悄地躲在牆角，就算冒着凜冽的寒風，還是孤傲地綻放着。

二 你喜歡花香嗎？梅花在冬天盛放，傳來了若有若無的花香。雖然雪花與梅花一樣顏色潔白，但就算不走近去瞧一瞧，我們也可以輕易地判斷，遠處那一簇簇的不是雪花，而是梅花。

親親這首詩

在百花凋零的冬日裏，只有梅花**不畏嚴寒**，迎着風雪獨個兒地盛開着。這不正像詩人嗎？不從眾，不隨俗，保持着自己獨特高潔的個性。

我和詩歌手牽手

不論在中國或西方，人們都喜歡給花朵加上各種各樣的「花語」。

在中國，梅花象徵高潔、牡丹象徵富貴、菊花象徵隱逸、蘭花象徵君子等。而在西方，玫瑰象徵愛、百合象徵純潔、康乃馨象徵慈祥等。

因不同地方，不同文化，令人們對花朵有不同的觀察和想像，並賦予不同的意義。

你能創作一套屬於自己的「花語」嗎？

王之渙

動態時報　　　關於

基本資料

🐾 生卒
公元688—742

🐾 鄉下
并州

🐾 代表作
《登鸛鵲樓》

🐾 字 / 號
字季凌

👥 朋友・289

李白

白居易

岑參

錢起

杜牧

盧象

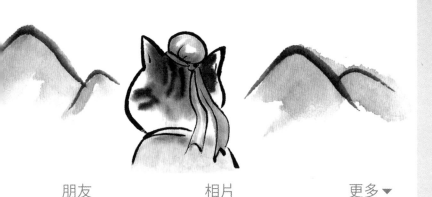

朋友　　　　　　相片　　　　　　更多▼

 王之渙──**覺得高興** 😊

鸛鵲樓建在黃河邊的高地上面,景色十分優美,
我不禁要為它寫一首詩啊!

👍❤️ 304　　　　　　　　　　　　　　75留言

 李白 之渙兄的詩一定是千古名句,我會趕快背起來!記
得拍多一點照片。

 白居易 恭喜之渙兄!賀喜之渙兄!肯定又是一首好詩!

白日依山盡，
黃河入海流。
欲窮千里目，
更上一層樓。

登鸛鵲樓

王之渙·五言絕句

夕陽沿着遠方的山脈消失了，

滔滔黃河水流入大海。

如果想看到千里之外的景色，

我們需要再登上一層樓。

詩歌帶我遊：鸛鵲樓

鸛鵲樓由於樓上常常有鸛鳥休息，所以被稱為鸛鵲樓。

鸛鵲樓樓高三層，而且建在高地上，所以可以**看到很遠的地方**。

可惜，鸛鵲樓後來被黃河沖毀了。

他寫這首詩：美景當前

作者王之渙是山西人，長大了，又在山西做官，對家鄉的名勝古蹟有着獨特而深厚的感情。而且，鸛鵲樓建在黃河邊的高地上面，景色十分優美，王之渙不禁要為它寫一首詩啊！

一　白日依山盡❶，
黃河❷入海流。
二　欲窮❸千里目❹，
更上一層樓。

1. 依山盡：太陽下山後，天色昏暗，遠方的山景漸漸消失，看起來像太陽依隨遠山一同消失。
2. 黃河：中國第二長河，位於中國北方。
3. 窮：窮盡。
4. 千里目：能看到極遠的視力。

鸛鵲（guàn què）

一種雀鳥。嘴又直又長，羽毛灰白，生活在水邊，以魚和蝦等為食物。

這兩句記述詩人登上「鸛鵲樓」看風景的時間、地點和景色。你能猜到詩人在甚麼時候登樓嗎？

對了，就是黃昏的時候！王之渙看見遠處的太陽伯伯一開始站在山頂，漸漸躲起來，最終挨着遠方的山悄悄消失了。太陽伯伯不在，詩人把目光收回來，從高高的樓上往下瞧——腳下的黃河叔叔很急很兇猛！他好像跟着太陽伯伯的步伐，也想回家了，一口氣沖出大海，相當壯觀！

看見太陽伯伯的悠閑和黃河叔叔的激情，王之渙變得更加興奮了。這時候，他心裏想：「我再走上一層，會不會看得更遠呢？」

會的，會更遠，這就好像爸爸媽媽說的：「想獲得大成就，必須加倍發奮！」

順帶一提，這兩句是千古名句，還不趕快背起來？

親親這首詩

　　這首詩的主題是寫景，然後借景色去抒發詩人遠大的志向。

我和詩歌手牽手

　　你家附近能看到河流嗎？原來香港各區都有大大小小的河流，例如沙田區的城門河、大埔區的林村河。不過，要感受王之渙登樓看風景的氣魄，卻應該到太平山頂。

　　我們可以從山頂遠望維多利亞港的景色，看那些一幢幢變小的高樓大廈，感受那份「欲窮千里目，更上一層樓」的志氣！

千里目

站得更高，看得更遠！俯瞰美麗的維多利亞港。

李白

動態時報　　　關於

基本資料

🐾 生卒
公元701—762

🐾 文學史上地位
中國史上最偉大的詩人之一，與杜甫齊名。詩風浪漫、想像奔放，被尊稱為「詩仙」、「詩俠」和「謫仙人」等。

🐾 字 / 號
字太白、號青蓮居士

👥 朋友・777

孟浩然　　李邕

崔成甫　　賀知章

杜甫　　高適

朋友　　　　　相片　　　　　更多▼

 李白──將參加一項活動。
「飲酒賦新詩」

 666　　　　　　　　　　　　　　233留言

 孟浩然 太白兄又去騙酒喝了XPXP

 杜甫 可別又喝醉了，掉到湖裏去啊呵呵～

 李白 寶寶想喝酒但寶寶不說……

牀前明月光，

疑是地上霜。

舉頭望明月，

低頭思故鄉。

靜夜思

李白・五言絕句

掃一掃

聽錄音！

月光灑在牀前，皎潔明亮，
驟眼一看，還以為是落在地上的霜雪。
我抬頭，望着夜空中那一輪明月；
低下頭時，一時間思緒起伏，
不禁想念起故鄉。

詩歌帶我遊：月亮

月亮，古時又稱為太陰。傳說月亮上有玉兔與蟾蜍，故它又被稱為「玉兔」。月亮每個月都有圓與缺的時候，令詩人們容易聯想到自身的幸與不幸，所以月亮漸漸成為了**鄉愁**類詩詞的熱門意象。

他寫這首詩：想家的人

夜空中月亮又皎潔又清冷，對於**離鄉背井**的人來說，最容易勾起各種寂寞、空虛的感受。詩人選取旅途上一個小片段，用樸實的文字，把那突如其來的鄉愁直接表述出來。這四句看來簡單，卻親切而雋永，傳誦千古。

一　　牀前　明月光，

疑[1]是　地上霜。

二　　舉頭[2]望明月，

低頭思故鄉。

1. 疑：懷疑。
2. 舉頭：抬頭。

一　　你**失眠**過嗎？如果沒有，就真的太好了！可是，詩人卻沒有你的幸運了。

　　在一個夜闌人靜的晚上，詩人在牀上翻來覆去，睡不着覺。突然之間，他眼角瞥見牀前好像有一片銀白光芒。那是霜雪嗎？不是，原來那是窗外透進來的一片月光。

二　　詩人沿光線看過去，只見漆黑的夜空中，有一輪皎潔的**月亮**。月兒小姐似乎正看着他，並了解他心裏的想法，輕柔地問道：「你想念**故鄉**嗎？」

　　詩人沒有回應，心領神會地低下了頭，想念故鄉的人與事。

🐾 親親這首詩

這首詩共四句，前三句與月亮有關，但點出全詩主題的，卻是最末一句「低頭思故鄉」。詩人遠遊在外，肯定極想念故鄉，更可能因此失眠。寧靜的晚上，看見清冷的月亮，在這麼一種**孤寂**的氣氛下，又怎能不思念家鄉與家人？

🐾 我和詩歌手牽手

你有沒有較長時間離開家或者家人，比如去宿營、到外地旅行？一旦離開熟悉親切的家，時間稍長，心裏會不會產生一種不安感，很想回家？是的，詩人就是長期懷着這種想念的心情，實在有點可憐。

白居易

動態時報　　　關於

基本資料

🐾 生卒
公元772—846

🐾 任職
刑部尚書

🐾 詩歌風格
言語淺白通俗，
重視反映現實

🐾 字 / 號
字樂天，
自號香山居士

👥 朋友・56

元稹　　劉禹錫

韓愈　　李紳

更多……

朋友　　　　　　相片　　　　　　更多 ▼

 白居易——覺得憤怒 😠

文章合為時而著，詩歌合為事而作，寫詩寫文卻未能關懷民間疾苦和反映現實，我做詩人跟鹹魚有甚麼分別？！

👍❤️ 569　　　　　　　　　　　　　　　214留言

 元稹 樂天兄說得好！樂天兄說得妙！樂天兄呱呱叫！

 韓愈 受教了，為民發聲，難怪樂天兄的大作廣受歡迎，名氣都傳到東瀛去了。

暮江吟

白居易 · 七言絕句

一道殘陽鋪水中，
半江瑟瑟半江紅。
可憐九月初三夜，
露似真珠月似弓。

傍晚，落日餘暉鋪滿江水，
江面上的水波，被映襯得半江綠，半江紅。
在這個可愛的九月初三夜晚，
露水凝枝，晶瑩如珠；
新月初升，彎曲若弓。

掃一掃

聽錄音！

詩歌帶我遊：中國的河流

中國河流湖泊眾多，東部河流有七大水系，分別是：珠江、長江、黃河、淮河、遼河、海河與黑龍江；西部則以塔里木河、雅魯藏布江兩大水系為主。除了自然河流外，還有人工開鑿的運河，其中以世界上最早、最長的京杭運河最聞名。

他寫這首詩：讚美大自然的美景

這是一首描寫深秋黃昏景色的詩歌。詩人用鮮豔的顏色——「瑟瑟」、「紅」把江上殘陽的風光描寫出來，又用「真珠」、「弓」比喻露水與新月。看到這麼優美的景色，詩人心情歡悅，忍不住寫詩讚美。

一　一 道 殘 陽 鋪 水 中 ，
　　yí dào cán yáng pū shuǐ zhōng

　　半 江 瑟 瑟① 半 江 紅 。
　　bàn jiāng sè sè bàn jiāng hóng

二　可 憐② 九 月 初 三 夜 ，
　　kě lián jiǔ yuè chū sān yè

　　露 似 真 珠③ 月 似 弓 。
　　lù sì zhēn zhū yuè sì gōng

1. 瑟瑟：水面像碧玉一樣的顏色。
2. 可憐：可愛。
3. 真珠：珍珠。

一

　　你知道甚麼是**殘陽**嗎？殘陽就是太陽伯伯下山以前的模樣。這一道殘陽輕輕地躺在江水上面，把半江江水點染成**殷紅色**，而另一半則還是**碧綠如玉**。你覺得這樣的景色美不美呢？

二

　　一路看着看着，原來已是晚上了。雖然有點捨不得太陽伯伯，但是在月兒姐姐的映襯下，一切都變得**可愛**了——露珠兒幻化成珍珠，而月兒姐姐變成了一張新弓，高高地掛在半空之中。

暮江吟

「吟」是一種詩歌體裁，主要用來抒發憂傷情緒。「暮江」是指傍晚大江。

親親這首詩

在這個深秋的黃昏，詩人用文字繪畫了一幅**暮江秋夜圖**：夕陽下山，水波像鱗片般流閃着，露水如珠，新月似弓。秋天的夕陽是那麼柔和，江面是那麼平靜。看到這樣的美景，你是不是和詩人一樣，也感到很**安閑**、**舒適**呢？

我和詩歌手牽手

在香港，也能看見非常漂亮的日落喔！荃灣碼頭就是一處觀賞日落的好地方，快叫你的爸爸媽媽帶你去吧！

露似珍珠

這到底是露水還是珍珠？

寇準

動態時報　　　關於

基本資料

🐾 生卒
公元961—1023

🐾 任職
**北宋著名政治家，
曾兩次擔任宰相**

🐾 創作風格
淡雅

🐾 字 / 號
字平仲

👥 朋友・8,745

宋太宗　**温仲舒**

畢士安　**高瓊**

王曙　**魏野**

朋友　　　　相片　　　　更多▼

 寇準——覺得擔憂 😟
我剛剛又對皇上直言勸諫了，不知會否導致龍顏大怒⋯⋯

 4,789　　　　　　　　　　1,961留言

 温仲舒 聖上定必能體恤你一片苦心的，加油！

 宋太宗 朕得到寇卿家這樣的大臣，就如唐太宗得到魏徵一般，請你一定要繼續在朕身邊輔助朕啊！

只有天在上，

更無山與齊。

舉頭紅日近，

回首白雲低。

華山

寇準・五言絕句

掃一掃

聽錄音！

在華山之巔，我頭頂上只有藍天，

環視四周，沒有一座山能與我比高。

抬起頭來，只見紅彤彤的太陽離我很近，

低下頭看，唯有朵朵白雲在我腳下飄盪。

詩歌帶我遊：華山

華山位於今日陝西省華陰市境內，是「五嶽」之中的「西嶽」，以山峯雄奇險峻而聞名，被譽為**「奇險天下第一山」**。中國傳說故事「蕭史弄玉」的主角——蕭史就是居於華山的。

他寫這首詩：登高有感

詩人登上高山，有感而發。

這首詩四句全是描寫**華山的「高」**，但詩人偏偏沒有在詩中用一個「高」字，反而借助了藍天、紅日、白雲等物象襯托華山之高，可謂心思巧妙。

一

zhǐ yǒu tiān zài shàng
只　有　天　在　上　，

gèng wú shān yǔ qí
更　無　山　與　齊❶。

二

jǔ tóu hóng rì jìn
舉　頭　紅　日　近　，

huí shǒu bái yún dī
回　首　白　雲　低　。

1. 齊：這裏是「一樣高」的意思。

華 (huà) 山西峯

華山是中國最有名的山
嶽之一。其中西峯則是
華山最險峻秀麗的山峯，
這一塊完整的巨石，渾
然天成，像不像被大刀
劈出來一般？

一 你喜歡行山登高嗎？詩人很喜歡。他站在高山之上，頭上只有一片天；環視四周，也沒有其他山嶺能與自己並排。

可見除了天，**華山比甚麼都高**啊！

二 抬起頭一看，平日高高掛在天邊的紅日，竟然就在不遠處；再低頭一望，不得了——一朵朵白雲居然在腳下飄盪。

這種**天地遼闊**的感覺很美好，好像告訴詩人：「你是很偉大的！」

親親這首詩

這首詩描寫了華山的高峻，表現出詩人**壯闊的胸懷**及**奮發向上的精神面貌**。華山的高，只有親身登上，才會有真切的體會。

我和詩歌手牽手

香港有超過 300 座山峯，其中最高的一座是位於新界中部的大帽山，海拔高 957 米，比第二高的鳳凰山高了 23 米。但相較超過 2000 米高的華山，他們都是小矮子了。

你有沒有登過高山？登上了高山，往山下一看，周圍都被雲海覆蓋，我們就好像身在仙境之中。一定要找個機會體驗一下呀！

雲海

在香港也能看見雲海！

王安石

動態時報　　　關於

基本資料

🐾 生卒
公元1021－1086

🐾 任職
宰相

🐾 身份
中國史上著名政治家、改革家；文學上是唐宋古文八大家之一。

🐾 字／號
字介甫

👥 朋友・10,985

曾鞏　　　歐陽修

周敦頤　　　文彥博

更多……

朋友　　　　　相片　　　　　更多▼

 王安石——睡不着覺 😣

壓力大，過年我要吃年糕、蘿蔔糕、馬蹄糕、煎堆、油角、瓜子、湯丸、糖蓮子、糖冬瓜、糖蓮藕、笑口棗……人類已經不能阻止我。

👍😄 8,943　　　　　　　　　　　　　　4,634留言

 歐陽修 老弟，你的男神形象要崩了。

 周敦頤 小心三高，注意健康，由我做起。

爆竹聲中一歲除，
春風送暖入屠蘇。
千門萬戶曈曈日，
總把新桃換舊符。

王安石・七言絕句

元日

掃一掃

聽錄音！

爆竹聲此起彼落，不覺又一年，
春風輕拂，彷彿把暖意送進屠蘇酒。
晨光和熙，家家戶戶都感受到春意，
又忙着把門口的舊桃符換上新的。

詩歌帶我遊：元日

元日，即是元旦日，是**新年的第一天**。中國傳統以來都是沿用「農曆」，所以春節的第一天——年初一，就是古代的元日。後來，我國統一改用公曆，故每年的一月一日變成了「元日」。

他寫這首詩：萬象更新

詩人巧妙地描寫了幾個農曆新年的活動情景，生動地把節日喜樂熱鬧的氣氛表現出來。所謂「一元復始，萬象更新」，家家戶戶都換上「新桃符」，詩人由此表達自己對未來充滿信心，**積極樂觀**。

一　爆　竹　聲　中　一　歲　除❶，
　　bào zhú shēng zhōng yí suì chú

　　春　風　送　暖　入　屠　蘇❷。
　　chūn fēng sòng nuǎn rù tú sū

二　千　門　萬　戶　曈　曈　日❸，
　　qiān mén wàn hù tóng tóng rì

　　總　把　新　桃　換　舊　符❹。
　　zǒng bǎ xīn táo huàn jiù fú

1. 一歲除：一年過去了。
2. 屠蘇：酒的種類。古時元旦日，一家人會按長幼次序飲用泡了屠蘇草的酒。
3. 曈曈日：太陽初昇的意思。
4. 桃與符：桃和符就是指「桃符」。古時元旦日，家家戶戶都會在桃木板繪上門神，然後懸掛在門上驅邪。這就是後世春聯的前身了！

一　　　大家知道甚麼是爆竹嗎？爆竹就是一種用紙張包裹炸藥粉末的物品。新年時，我們都愛燃放它慶祝。元日這一天，家家戶戶都燃放爆竹；「辟辟啪啪」的聲響告訴人們：**「難忘的一年過去了」**！他們一邊喝着屠蘇酒，一邊享受着春風送來的温暖。

二　　　春日的太陽格外和煦。元旦日，大家都會做甚麼呢？原來家家戶戶都打開門戶，曬曬久違了的**陽光**。然後，一家人還一起把掛在大門的舊**桃符**換上新的。

😺 親親這首詩

　　這是一首描寫農曆新年的詩歌。詩人描寫了幾個主要的過節情景，表現那種**喜氣洋洋**的氣象。

😺 我和詩歌手牽手

　　在香港，一年四季節日多多。

　　對中國人來說，最重要的節日莫過於農曆新年了。你對新年有甚麼難忘的印象呢？家裏有甚麼慶祝節日的活動嗎？會不會大掃除、換新衣、吃年糕、貼春聯、到親戚家裏拜年？

農曆

農曆，即「陰曆」，以月亮的轉動推算而成，是現今依舊廣泛使用的中國傳統曆法。

孟郊

動態時報　　　關於

基本資料

🐾 生卒
公元751—814

🐾 鄉下
湖州武康

🐾 任職
**都是小官，
不太得志**

🐾 字 / 號
字東野

👥 朋友・31

韓愈　　**張籍**

鄭餘慶　　**賈島**

更多⋯⋯

朋友　　　　　相片　　　　　更多▼

 孟郊──覺得低落 ☹

科舉考試又又又落第了，難受，想哭。不想再考了，可是娘親大人一直希望我當官啊啊啊啊，不想讓娘親失望　:(

👍😢 8　　　　　　　　　　　　2留言

 韓愈 東野兄不要放棄！東野兄加油！

 韓愈 東野兄，其實我真的十分佩服你，不貪圖富貴，又有赤子之心。 😊

慈母手中線，
遊子身上衣。
臨行密密縫，
意恐遲遲歸。
誰言寸草心，
報得三春暉。

遊子吟

孟郊．五言古詩

媽媽拿起針線，
為將要遠行的孩子趕製衣服。
越接近行期，媽媽一針緊接一針縫得越快，
心裏卻怕孩子這次出門久久不回家。
兒女的孝心只像小草般微小，
又怎能報答和暖如春日的母愛？

掃一掃

聽錄音！

🐱 詩歌帶我遊：母愛

　　這是一首歌詠母愛的詩歌。母親懷胎十月，經受着許多苦難，才能把我們生下來。無論日夜，母親都無微不至地照料着我們。我們要好好珍惜這一份情！

🐱 他寫這首詩：歌頌偉大的母愛

　　詩人是書生，走讀書、考試、當官的路。可惜，他考試運不怎樣，雖發奮讀書仍每次落第。詩人曾想過放棄，但母親在背後默默支持，為了報答母親，他堅持下來，終在四十六歲時中了進士。

　　詩人高中後又過了四年，正式謀得溧陽縣尉一職。這首詩正是他為迎接來到溧陽的母親而作，深深歌頌了母愛的偉大。

一
慈 母 手 中 線，
cí mǔ shǒu zhōng xiàn

遊 子 身 上 衣。
yóu zǐ shēn shàng yī

臨 行 密 密 縫，
lín xíng mì mì féng

意 恐 遲 遲 歸。
yì kǒng chí chí guī

二
誰 言 寸 草❶ 心，
shuí yán cùn cǎo xīn

報 得 三 春 暉❷。
bào dé sān chūn huī

1. 寸草：小草，詩人用來比喻兒女。
2. 三春暉：三月春天的陽光，比喻母愛。

一　　大家試過縫補衣服嗎？以前照明設備不好，晚上要縫補衣服是很花精神的。詩人的母親不怕這個困難，堅持**親手**為他縫製衣服。因為這一次**路途遙遠**，母親擔心他不夠衣服，所以這幾天不停地縫製着。

二　　看到詩人母親的辛勞，你有甚麼想法呢？覺得**母愛很偉大**吧！母愛就如春日裏的**和暖陽光**，默默無言地每日照看我們。誰能不感動！相反，兒女微小的孝心，難以報答母親的愛。

🐾 親親這首詩

詩人將要出遠門，他選取了母親為他親手縫製衣裳的片段，在這平常的生活細節中，讚頌了母愛的偉大。詩人用「三春暉」比喻母親的慈愛，卻以「寸草」比喻遊子的微小心意，說明為人子女，無論多用心都不能報母愛之萬一。

🐾 我和詩歌手牽手

你知道母親節在哪一天嗎？沒錯！是五月的第二個星期天。那天，你將會如何跟母親慶祝呢？

寸草春暉

中文裏很多成語都來自於歷史故事和文學作品。比如「寸草春暉」這個成語，意思是小草微薄的心意報答不了春日陽光的深情，比喻父母的恩情，子女難報萬一，正是出自〈遊子吟〉。

賈島

動態時報　　　　關於

基本資料

🐾 生卒
公元779—843

🐾 任職
**早年做過和尚，
還俗後考中進士當官**

🐾 創作風格
**著名「苦吟詩人」，
作詩極重字句推敲錘煉**

🐾 字 / 號
字閬仙

 朋友・481

韓愈　　　王建

孟郊　　　張籍

李凝　　　更多……

| 朋友 | 相片 | 更多▼ |

 賈島——覺得苦惱 😞

失眠。
想不出好句。
不開心。
很生氣。

 90   72留言

 韓愈 閬仙，你之前問我關於新作「僧推月下門」應用「推」字抑或「敲」字，我認為「敲」字較妙。月夜訪友，即使友人家沒有門，也不能魯莽撞門，得敲門。而且「敲」字在夜深之際顯出一點聲響，靜中有動，豈不活潑？

 李凝 高見！高見！以後人家說推敲、推敲，就知道是出自於你兩位了！
　　#推敲 #賈島 #韓愈 #僧敲月下門

松下問童子，
言師採藥去。
只在此山中，
雲深不知處。

尋隱者不遇

賈島·五言絕句

走着走着，來到古松參天的山林間。

我問童子：「你的老師到哪裏去了？」

「老師採藥去了。」童子徐徐應道。

他指點一下前面深山，説：

「他就在山裏面，在那白雲繚繞的某處。」

詩歌帶我遊：隱士

隱士是中國古代特有的一種人物。他們大多飽讀詩書、有學問、有才能，卻不願意當官，而且多住在山林之間，過着與世無爭的生活。

他寫這首詩：訪友

詩人專程探訪隱居山林間的朋友，可是朋友剛好不在。但詩人似乎並不感到失望，相反，他十分氣定神閑，把尋找朋友的過程淡淡幾筆道來，讓讀者彷彿跟着他的腳步，一起入山，欣賞白雲繚繞的風景。

一　松^{sōng}下^{xià}問^{wèn}童^{tóng}子^{zǐ}❶，

言^{yán}❷師^{shī}採^{cǎi}藥^{yào}去^{qù}。

二　只^{zhǐ}在^{zài}此^{cǐ}山^{shān}中^{zhōng}，

雲^{yún}深^{shēn}不^{bù}知^{zhī}處^{chù}。

1. 童子：這裏指隱者的弟子。
2. 言：告訴。

隱者

隱居山林的人。如前所說，他們多是不願當官的讀書人，住在寧靜的山林中。

前方不遠處有一株松樹，松樹下面站着一個童子，好像正是我朋友的弟子。

「小孩兒，我是你老師的朋友，來找你老師吃茶聊天的。你老師呢？他去哪裏了？」

童子回應道：「我的老師採藥去了。」

 噢！原來朋友不在。

「小孩兒，你老師到哪裏採藥去？」

「就在這座山之中。」

「這座山大得很，他在山中的哪一處呀？」

「就在白雲間的某一處。」

親親這首詩

這首詩只有短短二十個字，以詩人與童子的問答帶出，而人物、環境、情節都齊全，構想十分巧妙。

詩人的朋友是一位「隱者」，全詩沒有直接描寫隱者的的面貌，但透過環境——開首的「松」象徵風骨，結尾處「雲」顯出高潔——隱士的形象已經躍然紙上。

我和詩歌手牽手

你有沒有專程去探訪朋友，而他卻剛好不在？你有甚麼感受？快拿起紙筆把感覺記錄下來吧！

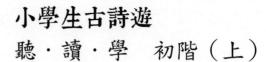

小學生古詩遊
聽·讀·學　初階（上）

作　　者　**葉德平**

插　　圖　胡嘉慧
責任編輯　郭子晴　黃海鵬
裝幀設計　明志
排　　版　黎品先
印　　務　劉漢舉

出版　中華教育
　　　香港北角英皇道 499 號北角工業大廈 1 樓 B
　　　電話：（852）2137 2338　傳真：（852）2713 8202
　　　電子郵件：info@chunghwabook.com.hk
　　　網址：http://www.chunghwabook.com.hk

發行　香港聯合書刊物流有限公司
　　　香港新界荃灣德士古道 220-248 號
　　　荃灣工業中心 16 樓
　　　電話：（852）2150 2100　傳真：（852）2407 3062
　　　電子郵件：info@suplogistics.com.hk

印刷　中華商務彩色印刷有限公司
　　　香港大埔汀麗路 36 號中華商務印刷大廈

版次　2017 年 2 月第 1 版第 1 次印刷
　　　2021 年 12 月第 1 版第 3 次印刷
　　　©2017 2021 中華教育

規格　40 開（165mm X 138mm）

ISBN　978-988-8463-03-9